LE POTIER DE RUNGIS.

LE
POTIER DE RUNGIS

POÈME

EN 26 CHANTS.

PARIS.

LIBRAIRIE CENTRALE, Boulevart des Italiens, 24.

1864.

CHANT PREMIER

1849

—✦—

J'ai travaillé vingt ans, sans repos , sans relâche ;

Jour et nuit bien souvent; succombant à la tâche,

Mon pauvre corps brisé réclamait un répit

Que refusait ma tête : avec rage et dépit

Ma main recommençait à triturer l'argile,

A broyer les cailloux, à limer les métaux.

La fièvre de l'esprit, la rendant plus agile,
Elle dût séparer les éléments des eaux,
Les principes de l'air ; décomposer le sable,
Liquéfier le roc, fondre le sol arable ;
Saisir, analyser tous les effets du feu ;
Déterminer enfin la loi, l'ordre, le jeu
Des divers éléments qui composent la terre :
Vingt ans de durs labeurs, vingt ans dans la misère !
Il m'a fallu vingt ans pour arriver ainsi,
Émule en l'art divin créé par Palissy.
Je serais mort vingt fois, sans la douce présence
D'un ange tutélaire, envoyé près de moi
Pour ranimer ma force en ravivant ma foi.
Un seul de ses regards fit naître ma science ;
Un mot d'amour, un seul, me rendit créateur :
La terre, sous mes doigts, devint granit ou marbre ;
L'argile eut plus d'éclat que la fleur prise à l'arbre ;
Au tuf cristallisé j'ai donné la couleur,
Les flammes et les feux du changeant lumachelle ;
Du sol le plus ingrat j'ai pu faire jaillir

Le marbre de Paros, l'agate la plus belle ;
Le lapis bleu d'azur, le rubis, le saphir,
L'opale aux doux regards, l'onyx, l'aventurine
Aux étincelles d'or ; le jais, l'aigue marine,
Le jaspe teint de sang, la fière purpurine ;
Enfin, mille produits qui doivent concourir
Au succès éclatant d'un brillant avenir.

CHANT II

1850

———————

Comment, pourquoi, chaleur, lumière et mouvement,

Par un même produit naissent-ils l'un de l'autre?

A Dieu seul appartient le pourquoi, le comment;

L'homme, par sa raison, peut constater, rien autre.

Par une loi divine, on voit tout se former,

Se rechercher, s'unir, s'aimer, se transformer :

Un ferment en contact anime la matière,

Le choc de deux cailloux fait jaillir la lumière ;

Le jour, du noir au blanc, transforme la couleur ;

Un rayon de soleil illumine les mondes ;

L'air agité suffit pour soulever les ondes ;

Deux corps froids, combinés, produisent la chaleur ;

L'étincelle électrique, en l'espace lancée,

Vole, franchit les mers, tout comme la pensée,

Emportant la pensée elle-même en tous lieux,

Foyer étincelant d'une lumière intense.

L'eau, réduite en vapeur, crée une force immense ;

S'échappe en tourbillons, s'élève dans les cieux.

Chaque effet a sa cause, un mystère la couvre ;

Heureux, a dit Virgile, heureux qui la découvre,

A force de travail, ou par un pur hasard :

Son nom sera prôné, buriné tôt ou tard,

Sur les tables d'airain du temple de mémoire ;

Sa vie et ses travaux constatés par l'histoire.

Ai-je droit d'espérer que ma conception

M'obtiendrait une place au nombre de ces hommes ?

L'aurais-je mérité dans le siècle où nous sommes?

Est ce folie, erreur, ou bien présomption ?

Des ouvriers, mes pairs, je veux une réponse,

En attendant, enfin, que l'avenir prononce.

CHANT III

1850

Paris est un foyer qu'alimente sans cesse

La flamme du génie, autour duquel se presse

L'imagination, la fougue de l'esprit ;

Tout ce qui porte en soi la divine étincelle,

Foyer du feu sacré, phare qui réfléchit

L'essor de la pensée, emportant sous son aile

Le butin du progrès, pour répandre en tous lieux,

D'un meilleur avenir, les germes précieux ;

Paris, voilà mon juge. En ses académies,

Sans crainte et sans orgueil je me suis présenté,

Apportant, simplement, dans mes deux mains unies,

Divers échantillons de porphyre imité,

De marbres reproduits. Princes de la science,

Nobles gloires des arts, perpétuels chercheurs,

Apôtres du travail, vous tous, profonds penseurs,

Dites-moi, s'il est vrai, que par ma patience

Et mes constants efforts, enfin j'ai réussi.

Et pendant le long cours d'un examen sévère,

Mes yeux examinaient, et je jugeais aussi

Ces hommes éminents qu'à bon droit on révère :

Au regard, au maintien, j'ai deviné des noms

Que l'avenir saura doter de grands renoms ;

J'ai deviné Jobard, l'apôtre de Belgique,

A son regard narquois ; comme Remy, Gehin,

Les pêcheurs de la Bresse, au simple maintien.

Celui qui fit mouvoir, par un pouvoir magique,

Nos vaisseaux à vapeur, je l'ai vîte compris ;

Ce front vaste, incliné sous le poids des pensées,

C'est Sauvage : mes mains, par les siennes pressées,

M'ont conquis un ami ; par ses bons soins j'appris

Ce qu'il en coûte, hélas ! de tourments et de gêne,

De chagrin, de douleur, de misère et de peine,

Pour arriver au but que je me proposais ;

Et pensif je me dis : l'atteindrai-je jamais ?

CHANT IV

1852

Le bonheur, en ce jour, a fui de ma demeure ;

Je suis anéanti, brisé, navré, je pleure :

Mes larmes sont de sang, mon cœur est en lambeaux ;

Dieu m'a repris Angèle, elle a rejoint sa fille ;

Ma femme, mon enfant ; entre ces deux tombeaux

Je voudrais reposer, y dormir en famille :

Le sort ne le veut pas; je dois donner mes soins

Aux auteurs de mes jours, ils m'ont donné la vie;

Je dois, à l'avenir, pourvoir à leurs besoins.

Violette, ma fille, à mes baisers ravie,

Adieu, joie et bonheur! Adieu, ma Félicie!

Unissez, dans le ciel, vos prières pour nous;

Les nôtres, ici-bas, s'élèveront vers vous:

Soyez, près du Très-Haut, les âmes messagères;

Rapportez à nos cœurs, sur la terre exilés,

L'espoir de vous rejoindre, et nos vœux exaucés

Rendront, par vos bons soins, nos larmes moins amères.

Cherchant autour de moi d'un regard languissant,

Je tournerai vers vous ma pensée à toute heure.

Que vos mânes chéris visitent ma demeure;

Surveillez, d'un œil doux, triste et compatissant,

L'être qui vous fut cher... celui qui fut ton père...

Ton époux... votre ami... le soutien de ta mère.

Plus malheureuse, encore, elle ne peut pleurer;

Pas un cri, pas un mot, sa douleur est muette.

Quel saint assez puissant pourrait-elle implorer?

Elle reste immobile et semble stupéfaite :

Telle, au mont Golgotha, Mater Dolorosa ,

Dut voir son cœur brisé, lorsque Jean déposa

Le corps inanimé du Rédempteur du monde

Dans ses bras, sur ce sein qui lui donna le jour.

Mais le Christ ressuscite, et le bonheur inonde

La mère de Jésus .. Ma perte est sans retour !

Pour vivre désormais, malheureux à la tâche ,

Il faut que je me rive au travail, sans relâche ;

Que par le mouvement, l'action et le bruit ,

J'étourdisse ma tête ainsi que mon esprit.

CHANT V

1852

—◦◦◦◦✧◦◦◦◦—

Ce n'est pas une erreur de mon esprit malade,

Une folie, un rêve ou vaine illusion ;

D'un profond examen voici la sanction :

Les chimistes m'ont dit : Bravo ! faites parade

De votre découverte, elle a de l'avenir ;

Certain est le succès ; vous devez parvenir

A faire des chefs-d'œuvre, à créer des merveilles :

Vous ouvrirez aux arts des mines sans pareilles ;

Offrirez au commerce un puissant aliment ;

Doterez l'industrie, et même la science ,

De l'agent précieux d'un nouvel élément.

Des sculpteurs en renom m'ont dit leur confiance

En ces termes flatteurs : elle sera pour nous

Féconde en ses bienfaits ; par elle, nos ouvrages

Pourront braver du temps les impuissants ravages.

Les peintres ont voulu réclamer pour eux tous

Une part de mon œuvre : alors les architectes,

Renchérissant encore, ont fait luire à mes yeux

Des temples, des palais enfantés par leurs têtes ;

Des miracles de l'art s'élevant jusqu'aux cieux,

Que, grâce à mon travail, on peut rendre faciles.

De grands industriels m'ont prouvé clairement

Qu'en leurs mains mes produits deviendraient si dociles,

Qu'ils se transformeraient, presque instantanément,

En joyaux, en bijoux, en une foule immense

De bracelets, d'anneaux, de perles, de boutons,

De chapelets, pendants, médailles ou chatons ;

Tous objets d'un produit minime en apparence,

Source en réalité d'un commerce important.

Bravo pour l'inventeur qu'un grand succès attend !

Prends garde au capital, me dit bas à l'oreille

La voix de mon ami ; bravo ! bravo ! mais veille.

CHANT VI

1852

Dès ce jour-là, j'ai vu des Turcarets la tourbe

Avide, insinuante, agile, lâche, fourbe,

S'abattre autour de moi, me priant d'accepter

La puissante action de l'intermédiaire :

Il faut près du savoir toujours le savoir-faire ;

Il est des gens rétifs, qu'il faut pouvoir dompter :

Auprès de ces gens-là je suis assez habile ;

L'aide de mon esprit vous sera très-utile.

Unissons nos efforts, bientôt le capital,

A qui l'on peut donner le titre de brutal,

Aussi doux qu'un agneau nous ouvrira sa caisse.

Prenons trois millions, un pour moi tout d'abord ;

Un deuxième pour vous, et puis enfin je laisse

Le troisième aux pigeons. Acceptez cet accord,

Prenons en attendant, et si l'affaire est bonne,

Nous aurons notre part du produit qu'elle donne.

Ainsi parla l'un d'eux. Par un *non* assez dur,

Comme je refusais un succès si facile,

Il dit en me quittant : Un savant ?... l'imbécile !

Un autre me propose un plan dont il est sûr ;

Les capitaux pour lui ne sont pas nécessaires ;

Le crédit lui suffit, ferré sur les affaires,

Il me pilotera ; de savants tours de main

Dont il a le secret ouvriront le chemin

Qui mène à la fortune ; un emprunt, c'est commode ,

Sans inconvénient, si je suis sa méthode :

Un billet impayé par un autre est couvert ;

Car il ne faudra pas se mettre à découvert.

—Pardon, mon cher monsieur, je ne saurais comprendre

Comment, dans votre esprit, de rien on peut prétendre

Produire quelque chose. — En bien ! par l'agio :

— Je n'ai pas mieux saisi. — L'imbécile !... idiot !

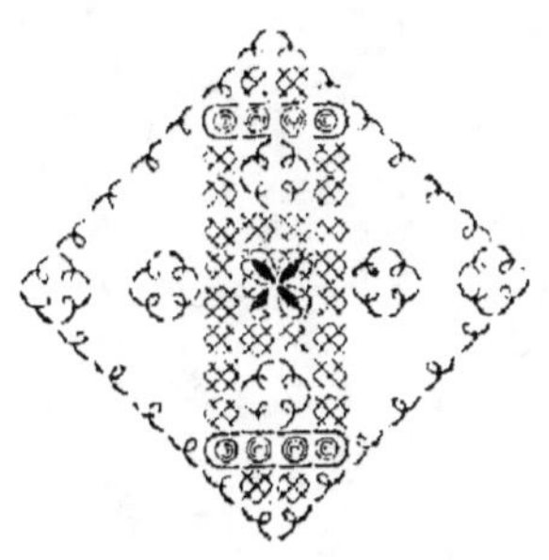

CHANT VII

1853

Le hasard, d'où dépend tant de bien tant de mal,

A mis sur mon chemin, par un arrêt fatal,

Un homme qui sera mon bon ou mauvais guide ;

Savoir lequel des deux. Dieu seul assurément

Aurait pu me le dire. — Il faudra promptement

Vous placer, me dit-il, sous la puissante égide

D'une société composée avec soin

D'artistes distingués : littérateurs, poëtes,

De gros négociants, surtout tous gens honnêtes,

Habiles, pleins de cœur ; pour cela n'est besoin

Que de tendre la main ; j'ai dans mon entourage

Les hommes qu'il nous faut ; je dis nous, mes amis

Veulent absolument que nous restions unis :

De ma croyance en vous je dois être le gage.

Prenez donc tout le temps pour vos réflexions.

— C'est assez discourir ; j'ai vos conditions.

— Assemblons-nous ce soir ; dès demain signons l'acte.

Vous voyez, je suis prompt. Le soir même, en effet,

Nous trouve au rendez-vous. L'accord le plus parfait,

Entre nous établi, voit rédiger le pacte.

D*** sera gérant ; pouvais-je faire moins

Que reconnaître aussi le zèle et les bons soins,

Enfin tous les égards qu'il a pour ma personne ?

Il faut ma sanction : bien vite je la donne,

Tout en l'accompagnant de gros appointements ;

Et, pour plus d'unité, chaque commanditaire

Charge de ses pouvoirs le gros millionnaire.

Ce titre a bien son charme ; en tous lieux, en tous temps,

Il fut apprécié : mais en ce moment-là,

A mon esprit troublé, pensif, il rappela

Le *veille au capital* de mon ami Sauvage.

Un mot affectueux dissipa le nuage :

Heureux mortel, dit-il, la fortune sourit ;

Pour vous se lève au ciel en ce jour une étoile :

Fêtez avec transport l'astre nouveau qui luit ;

Oubliez le passé, le recouvrant d'un voile.

Que faut-il désormais pour faire le bonheur ?

— Il faut... Il faut combler le vide de mon cœur.

CHANT VIII

1854

Comme un astre divin, quand la fortune luit,

Elle chasse bien loin la misère et la gêne ;

Elle ouvre à deux battants, au mortel qu'elle entraîne,

Le temple des désirs. Haletant il la suit ;

Comme elle lui sourit, tout sourit avec elle ;

Confiant il se livre au plaisir qui l'appelle.

De la folle déesse il est le favori.

A la joie, au bonheur, ne peut-il pas prétendre ?

Quelle autre occasion lui faudra-t-il attendre,

Enfin, pour être heureux ? Pour moi ce fut ainsi :

Le bonheur, sous les traits d'une jeune personne,

Apparut à mes yeux ; Berthe, belle Madone,

Divine intelligence, âme noble, grand cœur,

Au gracieux maintien, à la fraîche candeur.

La voir, l'aimer, fut un ; Berthe m'aima de même.

Dès ce jour j'ai connu, félicité suprême,

Le bonheur des élus. Prosternés aux genoux

D'un père qui bénit, de sa main d'homme honnête,

La fille que lui donne un fils qu'il fait époux.

Ma mère souriant en ce beau jour de fête

A ses enfants chéris. Tout m'émeut et me touche.

Les mots sacramentels qu'a prononcés la bouche

De ma nouvelle épouse ont dilaté mon cœur.

L'autel, où nous prenons à témoin le Seigneur

De nos serments d'amour ; la fanfare joyeuse

De l'orgue dans la nef ; l'hymne religieuse

Que la voûte redit : tous ces témoins d'honneur

Envoyés près de nous par les académies,

Où j'avais rencontré de vives sympathies.

Je ne saurais enfin peindre l'enivrement

De mon âme en ce jour ; le doux ravissement

De mon esprit ému : Mon âme est envolée

Jusqu'au septième ciel emportant ma pensée !

CHANT IX

1854

————— ❄·❄ —————

Mes désirs sont comblés, le bonheur m'environne ;
Mon cœur ivre de joie au plaisir s'abandonne :
Ma Berthe avec transport, radieuse d'amour,
Répond à tous mes soins. Elle a pris pour demeure
Une fraîche oasis, loin du bruit ; où le jour,
Tamisé par les fleurs, ne pénètre à toute heure

3

Qu'embaumé de parfums ; où le chant des oiseaux

Nous donne un doux concert, dans lequel ma fauvette

Fait aussi sa partie : hymne saint que répète

En murmurant la voix lointaine des échos.

Des touffes de lilas, des branches d'aubépine

Abritent quelques nids ; nous allons tous les deux

Nous tenant par la main à l'école divine,

Où la nature enseigne un moyen d'être heureux.

De l'amour maternel nous faisons une étude,

En suivant du regard, dans les buissons fleuris,

Un couple de pinsons becquetant leurs petits.

Quels doux et tendres soins, quelle sollicitude

Ils déploient dans ce nid de mousse et de duvet !

Quels secours mutuels et quel accord parfait !

Si Dieu dans sa bonté rend l'union féconde,

Nous faisant une loi du soin de nos enfants.

Nous saurons l'observer ; cette pensée inonde

D'allégresse nos cœurs aimants et confiants.

Quel que soit le destin que le Seigneur réserve,

Ma Berthe, à nos amours, que le présent nous serve

D'utile enseignement ; qu'il soit dans l'avenir

Le reflet enchanteur d'un charmant souvenir.

L'imagination s'enflamme à ton sourire ;

Désormais mon travail, charmé par ton regard

Pénétrant et si doux, Berthe, saura produire

Pour la postérité des chefs-d'œuvre de l'art.

CHANT X

1854

C***, mons D***, ce fut sans le vouloir,

Me mirent au courant de leur façon de voir,

Concernant ma personne. Il me fallut entendre

Leur conversation, pour saisir et comprendre

Leurs projets, leurs dessins. — Notre cher Directeur

Demande de l'argent. Il veut bientôt produire

Une œuvre capitale. Il me charge de dire

A nos associés qu'il aura la faveur

De nous convoquer tous en conseil de gérance.

— Nous avons mal agi ; j'aurais, par préférence,

Confié mon argent pour faire des boutons

Et non des objets d'art. Dans toute cette affaire

Je prévois des ennuis ; si c'était à refaire

Je serais Directeur, ayant en main les fonds,

Dirigeant le travail. Il nous faudra réduire

De moitié notre mise, et si notre inventeur

Ne veut pas consentir, c'est dit, je me retire.

— L'acte notarié, dont il est possesseur,

Lui reconnaît des droits. — Qu'il les fasse valoir.

— Il n'est pas très-ferré sur l'art de la chicane,

Il ne plaidera pas ; malgré tout son savoir,

Nous pouvons l'avancer entre nous, c'est un âne.

— La crainte d'un procès le rendrait tout tremblant.

— Qu'il fasse des boutons ou qu'il s'en aille aux diables.

Qu'il ne nous parle plus des œuvres remarquables

Qu'il a dans la cervelle. — Il faut par un semblant

De travail mis en train, seller, brider la bête.

-- L'enfourcher promptement. — Si l'animal tient tête,

Qu'il veuille se cabrer ? — Redoublez vos efforts ;

Frappez de l'éperon ; appuyez sur le mors ;

Serrez à tour de bras ! à casser la mâchoire...

— Mieux que ça : le mater par quelque bon déboire.

J'y songe, vendez-moi votre position.

— J'y consens Touchez-là... La proposition,

Argent comptant, me plaît, et, ma foi, je l'accepte.

— C'est prudemment agir, vous suivez le précepte

Du sage La Fontaine : « *un tient.* » — Mais il a dit :

« *La raison du plus fort.* » — C'est bien là mon affaire,

Je compte avec moi-même et cela me suffit.

Maintenant à nous deux ; moi, le millionnaire,

Madré, rusé, retors, et lui le pauvre hère !

CHANT XI

1854.

D*** est évincé : mons C*** à sa place
A mis-son affidé, C***, un homme à lui,
Son commis prête-nom, sans valeur, de la race
Des Suisses, combattant à la solde d'autrui.
Il faut, dit le patron, exploiter à la course,
Rondement et sans frais ; agissons à la Bourse ;

Le vrai gérant, c'est moi. Monsieur le Directeur

N'a que faire en ceci : nous allons le réduire

Au rôle de commis. A ses yeux faites luire

De gros appointements, ou bien faites-lui peur ;

Comme il a des procès une horreur invincible,

Menacez d'attaquer le contrat social.

— J'ai mieux ; l'homme d'esprit se défait d'un rival

Par la ruse ou le droit, crainte qu'il soit nuisible.

— C'est bien dit : le moyen ? — N'a-t-il pas apposé

Sur un billet souscrit, ou sur quelque facture,

Un aval... un bon pour... un effet endossé

Qu'on pourrait protester... Son nom, sa signature ?

— Poursuivez. — Justement, dès lors on poursuivra ;

Comme je tiens la caisse, on l'incarcérera.

— Dès ce jour de mon chef je le prends par famine.

— Payez les ouvriers et pas le Directeur.

— Nous le voyons d'ici, quelle piteuse mine !

— Et sa jeune moitié, quels cris, quelle douleur !

L'amour nous le rendra plus souple et plus docile

Qu'un enfant au sevrage. — Il nous sera facile,

Par un morceau de pain mis à son râtelier,

De l'amener à nous ; le saisir, le lier

— Assez solidement de crainte qu'il n'échappe.

— Alors, bon forgeron, frappe le fer chaud, frappe.

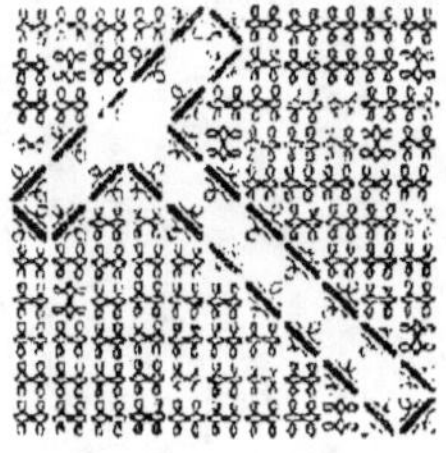

CHANT XII

1854

Ce qui fut dit fut fait ; et je fus poursuivi

Avec l'acharnement qu'une meute affamée

Met à lancer le cerf. Juge de paix suivi

D'un garde du commerce ; et recors... une armée !

Envahit ma demeure au lever du soleil,

Comme je contemplais, jaloux de son sommeil,

Ma Berthe dans mes bras reposant endormie ;

Elle s'éveille au bruit d'une porte en éclats

Cédant sous le marteau, brisée avec fracas.

Quelle fut sa frayeur ! bientôt ma belle amie ,

Instruite du motif dumatinal assaut

Qui nous était livré, me dit : On te propose

Une action indigne ; en même temps on ose

Menacer ton refus de la prison... Il faut

Choisir.   Mon choix est fait... tu n'aimes pas un lâche.

Agissez donc, recors ; et toi, voici ta tâche :

En m'éloignant d'ici , je livre mon honneur

A la garde du tien. Je connais ta devise :

Faillir?... plutôt mourir ! Je laisse mon bonheur

Et mon cœur en tes mains ; que souvent il redise

Au tien ce qu'il lui doit de respect et d'amour.

Sans trop te chagriner, espère mon retour.

Avant de m'éloigner, un doux baiser encore.

A bientôt... au revoir... ma Berthe que j'adore.

Des amis, tu le sais, me doivent de l'argent ;

Ils vont être empressés, contents de me le rendre ;

L'avenir qui sourit chassera le présent.

Des amis dévoués ne se font pas attendre.

En agissant ainsi j'aurai ma liberté.

— A bientôt, cher ami ; ma joie et ma fierté

Consistent à t'aimer : que ce jour soit le gage

D'une fidélité... d'un amour sans partage !

CHANT XIII

1854

———•••••❁•••••———

Absorbé sous le poids d'une triste pensée,

Je me laisse entraîner : la voiture lancée

Parcourt en peu d'instants au galop le chemin

Qui mène à la prison des détenus pour dette :

Nous sommes à Clichy. D'un guichetier la main

Fait glisser les verrous. Je redresse la tête

4

Pour entrer, sans rougir ; car je suis la victime :

L'oppresseur est dehors ; il a sa liberté :

Son or qui me combat, sa rage qui m'opprime,

Resteront impuissants devant ma fermeté !

Si je suis attristé, si quelque trouble agite

Mon âme et mon esprit, en entrant dans ce gîte,

C'est que tous ceux que j'aime ont besoin de mes bras ;

Si j'y restais longtemps, ils souffriraient, hélas !

J'ai franchi le guichet où l'homme perd son nom

Pour prendre un numéro. Désormais je m'appelle

Le soixante-dix-sept. Bientôt par ce surnom

Je m'entends désigner ; c'est ma Berthe, ma belle.

Elle accourt partager, avec moi chaque jour,

Les chagrins du captif. En ce triste séjour

Si je pleure... elle rit ; c'est elle qui console.

Puis c'est moi qui suis gai.. car elle se désole.

Trois mois passent ainsi ; mes bons, mes chers amis,

A qui j'avais prêté, ne purent pas me rendre ;

Je les plains de tout cœur. Il me fallut attendre.

Et pendant ce temps-là que font mes ennemis ?

Ils chassent de chez moi mes gens et ma famille ;

Démolissent mes fours, altèrent mes produits ;

Soldent des détracteurs la horde qui fourmille

Dans ce pauvre Paris. Enfin, lassés, réduits

A leur propre impuissance , ils livrent à la flamme

Mes livres contenant les secrets de mon âme ;

Mes travaux de vingt ans , tous mes nombreux calculs ;

Ils brûlent les tableaux contenant la recette

De mes divers produits, croyant les rendre nuls.

Le papier est détruit : mais il reste ma tête !

CHANT XIV

1854

⸎

Samson chargé de fers fit écrouler le temple,

Broyant les Philistins qui le tenaient captif.

Par un puissant effort, en suivant son exemple,

Ma chaîne s'est brisée. Au cri sourd et plaintif

Du brasseur évoquant tribunal consulaire

Et tribunal civil, exhalant sa colère

En des actes d'huissier, j'ai bien vîte compris

Qu'il serait écrasé sous le choc de ma chute.

Au Palais, à la Bourse a commencé la lutte.

Ici l'issue est prompte, un procès entrepris

Est aussitôt jugé. — Vous voulez voir dissoudre

Le pacte social que vous avez souscrit.

Voici l'original : le fait qu'il faut résoudre

Est de tout point facile ; cet acte est un écrit

Dont vous avez eu soin de prendre connaissance

Avant de le signer, vous saviez par avance

La valeur de l'apport de votre associé.

En vain vous évoquez une triste surprise .

Mons C***, le marchand, aurait une méprise

De cette force-là !... Vous resterez lié ;

L'acte en règle, il est bon ; le tribunal valide

Maintient les droits acquis, et vous condamne aux frais.

— Quittons vite la Bourse et passons au Palais.

Appelons à la Cour. D'un jugement stupide

Il faut avoir raison, dit-il à son C***.

C*** veut à son tour poursuivre le brevet.

Pour co-associé dans cette attaque inique

Ils choisirent S***, un pauvre malheureux

Que la faim excusait. Cette raison unique

Le rendait par cela moins coupable à mes yeux.

Comme à son tribunal, Dieu l'a fait comparaître ;

A lui seul appartient de juger, de connaître ,

S'il a cherché ma perte, ou si c'est une erreur;

Quel était son mobile et son instigateur ?

Quel prix il a reçu pour chercher à nuire ?

De ceux qui ne sont plus je ne saurais médire!

CHANT XV

1854

—◈—

Comme le condamné monte au dernier supplice,

J'ai gravi les degrés du Palais-de-Justice.

Ces corridors glacés qui donnent le frisson,

M'ont conduit tout d'abord, triste dérision

Qui frappa mon esprit, dans une salle immense,

Dite des Pas-Perdus. J'y trouvai réunis,

Parlant à voix si basse, on eût dit en silence,

Tous mes contradicteurs, par mons Cartier unis,

A certain beau garçon, pauvre commanditaire

Dont il a fait la mise ; *****, le beau-frère

De ma Berthe chérie. Il se prétend auteur

D'un riche manuscrit. . qu'il perdit par malheur !

Puis un bavard, hargneux, fort laid, petit de taille,

Au teint suant la bile, au regard faux, Noaille ;

C'est un homme d'affaire. Ils ont quatre avocats,

Mon or pour les payer ; lorsque ces quatre bouches,

Quatre canons rayés, lanceront les éclats

De leurs puissants poumons, en tonnerres farouches,

Sur ma pauvre personne, elles vont la briser,

Battre, tailler en pièce et la reduire en poudre !

Pourrai-je résister ? .. Comment parer leur foudre ?

La simple vérité saura la maîtriser,

Son miroir réflecteur sera toujours mon arme :

Bouclier éclatant, il est doué d'un charme,

Rien ne peut le briser, rien ne peut le ternir ;

Il frappe l'oppresseur, afin de le punir,

Du trait empoisonné qu'il a lancé lui-même.

Le procès vient de naître, avant qu'il fasse un pas

Il faudra bien du temps... Quels tourments, quels tracas,

Se prépare un plaideur ! Quel embarras extrême !

Que d'argent il lui faut pour payer de Thémis

Tous les nombreux suppôts! Prévoyant les ennuis

Qui m'attendent ici, la terreur qui me gagne

Me présente ces lieux tout peuplés de démons.

Je cours, à travers champs, offrir dans la campagne,

A ma tête l'air libre, l'air pur à mes poumons.

CHANT XVI

1854

———◇———

Le bris de mes outils, la prise de mes livres,

Ne les satisfont pas ; les voilà comme fous

Après mes pauvres fleurs, de rage et de fiel ivres :

Saccageant mon jardin, partageant entre eux tous ,

Vrais démons déchaînés, en les foulant à terre,

Les fruits de mon verger, les lys de mon parterre ;

Tordant, brisant la branche où se trouve le fruit.

J'arrive ; de mes pas ils entendent le bruit.

Voyant que je suis seul, sans arme et sans défense ,

Ils osent m'attaquer. *** .   .   .   .

.   .   .   .

.   .   .   .   o   .   .   .   .

.   .   .   .

.   .   .   .

o   .   .   .   .

Dès lors, S***, C***, N***, tous les quatre,

Comme loups enragés, s'unissent pour me battre.

S***, un fort-à-bras, m'assène d'un bâton

Un coup si vigoureux, qu'il entr'ouvre ma tête ;

Il brise d'un second tous les doigts de ma main.

N***, à coups de pied. C*** reste incertain,

Il ne frappera pas : tout simplement il guette

S'il me vient du secours. Blessé, meurtri, sanglant,

Au moment où je tombe étourdi, chancelant,

D*** de ses poings me brise la poitrine :

Son courage, excité par une Messaline

Qui ne les quitte pas , m'aurait donné la mort,

Si mon père, un vieillard aux cheveux blancs de neige ,

N'eût apparu soudain... Son regard me protége ;

Haletant il accourt, et sa main, sans effort,

Repousse mes bourreaux. Arrière, tas de lâches !

Assassins de mon fils ! . je vous défie, et tous !

Mais tous les quatre ont fui. Mon père est à genoux

Pour soutenir ma tête ; en essuyant les taches

Du sang qui le recouvre , il embrasse mon front ;

Il pleure, il prie, il crie ; un autre cri répond ,

Cri déchirant, un seul ; ma Berthe, mon amie ,

A couru près de nous, et tombe évanouie !

CHANT XVII

1854

Que s'est-il donc passé? pourquoi ces cris, ces pleurs?

Mon esprit indécis, ma raison qui sommeille,

Tout mon être troublé.. Je sens que je m'éveille

D'un songe horrible, affreux... sur ce lit de douleurs

Depuis combien de temps suis-je couché?... Ma tête,

Sous un cercle de feu, renferme une tempête.

5

Elle s'est enflammée ! un cauchemar sans nom ;

C'est mon cerveau qui brûle !... éteignez l'incendie ;

Bien vîte de l'eau froide et la glace à mon front.

Je meurs ou je m'endors ; ma raison étourdie

Ne le distingue pas. . Je ne **puis** définir

Ce qui se passe en moi. Je perds le souvenir !

Avec anxiété le jour qui vient de naître

Est attendu par tous ; il décide du sort ;

C'est le neuvième jour. Le docteur va paraître

Pour prononcer l'arrêt. La vie? ou bien la mort?

Disent tous les regards. Le sien répond : La vie !

Une mère qui parle à son fils au berceau,

Ramène la raison à son faible cerveau.

Je suis comme un enfant pour ma Berthe ravie ;

Je la vois, je l'entends, je comprends, je renais ;

Je pleure et je souris, car je la reconnais!

La nature a doublé mon **âme** d'une écorce

Forte, saine, robuste ; aussi, bientôt la force

De mon tempérament remonte les ressorts :

La santé de l'esprit saura guérir le corps.

Me voilà donc sur pied. J'entre en convalescence :

Quarante jours de soins que m'a donnés Besson

M'ont rendu la santé, l'esprit et la raison.

Par son humanité, son zèle et sa science,

Il épargne à la fois des pleurs à mes amis ;

D'un meurtre, le remords à tous mes ennemis.

CHANT XVIII

1854

La justice s'émeut et bientôt elle appelle
Mes ennemis et moi devant un tribunal.
D'amende et de prison, la correctionnelle,
Menace l'oppresseur de son arrêt fatal.
Je n'ai pas invoqué la loi qui m'autorise
A les faire passer devant la Cour d Assise ;

Me venger lâchement ne m'a jamais tenté.

Par égard pour le sang, des liens de parenté

M'unissent à l'un d'eux, je deviens solidaire,

Je dois sauvegarder l'honneur de mon beau-frère !

Les voilà tous penauds, D***, S***,

Avec leur compagnon, leur cher ami N***.

Hors de cause, C*** d'un air sournois les raille :

Cela dit en passant, il a tort, c'est très-mal.

Revenons au procès : par l'audace il débute ;

Tous trois ont porté plainte, ils sont les opprimés.

Trois de leurs avocats prennent part à la lutte.

Ils pérorent longtemps ; leurs discours, exprimés

En termes très-fleuris, d'une emphase très-large,

Me transforment en loup ; font de chaque accusé

Un agnelet bien doux, pas méchant, pas rusé.

— Appelez les témoins, ceux qui sont à décharge.

Un seul paraît, cité par ces petits moutons :

— J'étais à mon comptoir (c'est une jeune fille),

Ces messieurs sont venus réclamer une aiguille,

Dit-elle, avec du fil, pour coudre des boutons ;

C'est tout ce que je sais pour rendre mon hommage
A la vérité pure. — Et les vôtres? — Mon mal!
— Ainsi pas de témoins! Que peut le tribunal?
Renvoyer de la plainte en fixant les dommages;
A quoi concluez-vous? — Aux frais du traitement
Qu'il m'a fallu subir; deux cents francs en argent.
S*** est condamné par corps, et la contrainte
Pourra durer un an. Voilà bientôt dix ans,
Et je n'ai rien reçu. S*** a pu sans crainte
Parcourir tout Paris, exercer ses talents;
Je n'ai jamais lancé les recors sur sa piste;
Il est dessinateur, je le sais, bon artiste :
Je suis tel, j'aime mieux penser pour son honneur
Qu'il se trouve plutôt sans argent que sans cœur!

CHANT XIX

1855

De même qu'un rayon de soleil qui se lève,
Suffit pour disperser les voiles de la nuit,
Un instant de plaisir dissipe comme un rêve
Les maux les plus affreux. Au tourment qui s'enfuit
Succède le bonheur. Ma femme a mis au monde
Une petite fille, une charmante enfant !

Ma Berthe, cher trésor, que j'aime tendrement ;

J'ai pour toi cet amour, religion profonde,

Qu'on ne devrait avoir que pour Dieu seulement.

Dès ce jour je comprends tout l'amour d'une mère,

Les devoirs d'un époux, ceux d'un fils et d'un père ;

Je saurai les remplir : oui, j'en fais le serment

Sur cette tête d'ange, à toi qui me pardonnes

De vouloir lui céder la moitié de mon cœur.

Que faire, à l'avenir, pour payer le bonheur

Et la félicité qu'en ce jour tu me donnes ?

— L'aimer comme moi-même. Elle aura nom Lia

— Gage d'un tendre amour ; image si jolie ;

Gentil portrait vivant de ta mère chérie.

Tu viens pour resserrer le nœud qui nous lia.

Quel est ton avenir, enfant qui viens de naître ?

Quel sort t'est réservé par l'arrêt du destin ?

A quel indice fixe, à quel signe certain

Peut-on le pressentir, peut-on le reconnaître ?

— La sagesse infinie, un Dieu juste a voulu

Le voiler à nos yeux ; ce secret absolu

D'un meilleur avenir nous laisse l'espérance :

— En la bonté de Dieu gardons la confiance.

Épurons notre cœur ; élevons-le si haut,

Par la soumission, l'amour et la prière,

Qu'il nous donne, à nous-mêmes, une assurance entière

Dans les décrets cachés, mais justes, du Très-Haut !

CHANT XX

1855

Parmi les nations la France est souveraine ;

Son trône est une ruche et son sceptre un flambeau ;

Son glaive étincelant, sa couronne de reine

Ont des rayons de feu. Drapée en son manteau ,

Que la main de son peuple a constellé d'abeille ,

Symbole du travail, elle préside et veille

A la marche du siècle ; elle ouvre au monde entier

La route du progrès. Sa grande métropole

Convoque l'univers dans un vaste chantier

Construit comme un palais ; gigantesque coupole

Où seront réunis, en immenses faisceaux,

D'un million de bras les merveilleux travaux.

Je voudrais apporter ma pierre à l'édifice,

Mais je n'ai plus d'outils ! Par un lâche artifice

Mes fourneaux sont éteints. . mon atelier désert !

Il me reste un seul champ, à tout venant ouvert,

Sans abri, sans clôture : il devra me suffire.

La force, l'énergie, et surtout le vouloir,

Venant à mon secours m'aideront à produire.

En en faisant l'essai j'aurai fait mon devoir.

Auprès de mes labeurs, les sept travaux d'Hercule

Furent des jeux d'enfant. Il m'a fallu pétrir

La terre dont j'ai fait des briques à bâtir ;

J'en ai construit un four... Ma fièvre ne recule

Devant aucun travail. J'épure les métaux

Dont je fais mes couleurs... Je joue avec les eaux

Qui corrodent le fer, le plomb, l'argent, le cuivre,

Les changeant en poisons... Je m'habitue à vivre

En contact avec eux, recherchant les agents

Qui peuvent les combattre ou rendre violents.

En plein air, n'ayant rien au-dessus de ma tête

Que la voûte des cieux, je brave la tempête,

En forgeant des outils pour tourner mes creusets;

Et je fais des produits dont seul j'ai les secrets !

CHANT XXI

1855

—••••◉••••—

Puisque mes ennemis me traînent dans la fange,

Je ne dois pas cacher les faits à ma louange :

Contre le parti pris de leur mauvais vouloir,

Montrer la vérité, pour moi c'est un devoir :

Faire pour la cacher acte de modestie,

En ce jour solennel, serait de la folie !

Mes produits sont admis à l'Exposition ;

Dans son compte-rendu, par Aymard Bression,

On lit, et je transcris : — « Les pierres malléables

Produisent mille objets qui sont inaltérables ;

D'un brillant coloris, d'une vive fraîcheur ;

D'un grain si fin, si dur, d'une pâte si pure,

Qu'il faut avoir été l'amant de la nature

Pour l'imiter ainsi. La médaille d'honneur,

Qui lui fut décernée en notre académie,

A déjà témoigné de notre sympathie

Pour l'homme et son travail ; mais il s'est surpassé ;

Nous revenons à lui : Puisse le témoignage

Public de notre estime effacer du passé

Les douloureux regrets, lui donner le courage

Qu'il faut pour supporter les maux de l'avenir ;

Adoucir le présent, enfin le secourir. »

— Tu l'as dit, cher Aymard, ce langage a des charmes ;

Et si je donne encore au passé quelques larmes,

Si je verse des pleurs, c'est que dans ce long cours,

Bien près de cinquante ans, j'ai vu quelques beaux jours,

Qui ne sauraient renaître... Et le présent paraît

Devoir bientôt finir... L'avenir m'apparaît

Sous de sombres couleurs. . Je veux pourtant combattre

Sans relâche et toujours... Rien ne saurait abattre

Ma ferme volonté... Le succès ou la mort

Me trouveront à l'œuvre.. Il est même probable

Que je suis destiné, par les arrêts du sort,

A lutter sans merci, et je suis incapable

De vouloir m'y soustraire... Il n'est pas dit, enfin,

Que je serai toujours en butte à l'insolence,

Aux tracas, aux procès d'un brasseur en démence ;

Il existe après tout des juges à Berlin !

CHANT XXII

1855

Au nombre des produits à l'Exposition,

Se trouve en marbre blanc le buste de Voltaire ;

Une œuvre capitale ; et j'avais cru bien faire :

Je me trompais ; ce bloc fixe l'attention

De M***, un président de classe ;

Par lui m'est intimé l'ordre de l'enlever.

J'obéis en disant : Pourquoi donc t'élever

Au Louvre une statue ? Et l'homme qui te chasse

Fut dans le temps jadis plus que Voltairien ;

C'était, je m'en souviens, un Saint-Simonien.

Si tu pouvais parler, créateur de Zaïre,

Tu partirais bien sûr par un éclat de rire !

Laissons là le plaisant, venons au sérieux :

Notre auguste Empereur accompagne Eugénie,

De gloire et de beauté symbole gracieux,

Qui vient publiquement rendre hommage au génie.

La foule te salue en ce palais des arts ;

Une acclamation immense, frénétique,

Agite sur tes pas les nombreux étendards

De cent peuples divers, langage poétique,

Plein de charme et d'amour, qui fait battre le cœur.

César et sa compagne ont daigné faire honneur

A l'œuvre de mes mains d'un bienveillant sourire,

D'un mot encourageant. Ému, reconnaissant,

Jusqu'au fond de mon âme un instant j'ai vu luire

Un rayon d'espérance. Éclair éblouissant

Tu précédais la foudre. — A ce marbre factice,

Sire, Vos Majestés font un accueil trop bon ;

Un composé banal ; c'est un simple béton,

A dit M*** Comment repousser l'injustice

Et l'affront qui m'est fait devant le souverain ?

Sire, je fais appel, au pied de votre trône,

D'un dire qui m'offense. Et dès lors, mais en vain,

Je me suis demandé pourquoi cette personne,

Qui ne me connaît pas, peut trouver son bonheur

A médire de moi. Je prendrai patience ;

Je dois me résigner et souffrir en silence :

Je suis au pilori, M*** est commandeur !

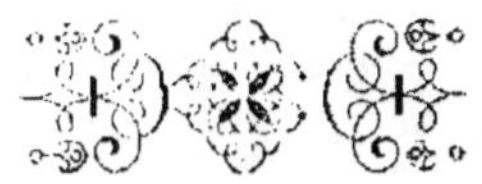

CHANT XXIII

1856

A Napoléon III j'adresse une supplique ;

Je l'ai fait imprimer sur beau papier vélin ;

La voilà reliée en rouge maroquin,

Aux armes de l'Empire ; en ce sens elle explique

Le but de mes efforts, l'objet de mes désirs :

— Je puis faire du marbre avec le sol aride,

Donner au macadam tout l'éclat des saphirs.

César, au coup d'œil sûr, d'un seul regard, décide :

Si je suis dans le vrai, ma place est aux palais.

Mon œuvre sous tes pas demande à se produire,

Ordonne qu'on l'accueille au lieu de la proscrire.

Si je suis dans l'erreur, si d'un travail mauvais

J'osais à ton bon goût offrir la triste image,

Sous les sifflets aigus de mes contradicteurs

Je verrais disperser ma gloire dans l'orage.

Quinze médailles d'or .. Quinze brevets menteurs

Emportés par le vent ! Je ne saurais me dire

Incompris, opprimé, victime du martyre :

Je fus présomptueux, je courberai le front.

Insensé !. . rêveur !... fou !... je dois subir l'affront.

Si je n'étais pas fou, si mon œuvre était belle,

Je devrais voir finir une épreuve cruelle.

Ordonne donc, César, dispose de mon sort ;

Tu tiens entre tes mains ma vie ou bien ma mort.

L'Empereur est bien grand, sa puissance est extrême ;

Mais ce qu'il ne peut pas.. *tout faire par lui-même :*

Il dut me renvoyer au ministre d'État.

Fould, par trop occupé, poliment se rabat

Sur l'architecte en chef. Lefuel examine

Avec beaucoup de soin tous mes échantillons,

En approuve l'usage ; à mon œuvre il destine

Le dallage important de quelques pavillons.

Mais je n'ai pas d'argent pour commencer l'ouvrage !

Que peut tout mon vouloir ? que peut tout mon courage ?

Mes fourneaux sont éteints. Hélas ! trois fois hélas !

Quand on n'a pas d'outils on ne travaille pas.

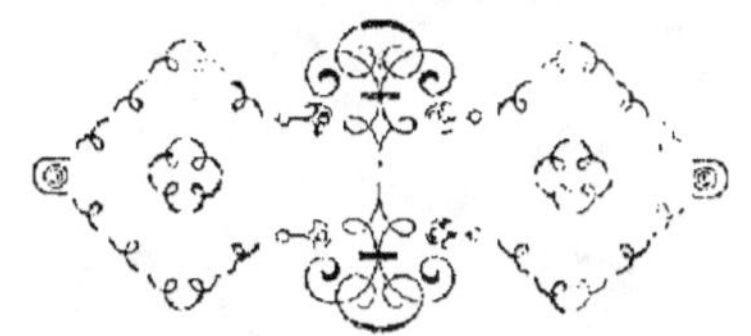

CHANT XXIV

1856

——❧——

A la troisième Chambre, au Palais de Justice,

Mes brevets, attaqués par C*** et consorts,

Ont subi l'examen d'experts nommés d'office ;

B***, S***, présentent leurs rapports :

Dont la conclusion m'est en tout favorable ;

Me donne d'inventeur le titre incontestable.

Il est vrai que C***, P***, C***,

Trois savants en renom, ont signé le contraire,

Sans avoir vu l'épreuve, ayant reçu salaire,

Mais non prêté serment.... Comment donc allier

Le bien avec le mal?... Pour imposer aux juges,

Vous employez en vain de nombreux subterfuges :

La vérité fait jour ; elle apparaît à tous :

Le tribunal la voit ; son jugement proclame

Sa présence et mes droits. C*** entre en courroux,

Fait appel à la Cour. Depuis cette réclame

Deux ans sont écoulés ; car il faut bien du temps,

Et surtout de l'argent, pour qu'un procès mûrisse.

Combien sont morts avant que leur procès finisse,

Laissant pour héritage un placet aux enfants !

Par un arrêt formel, la Cour impériale

A réduit à néant la fièvre martiale

De mes contradicteurs. J'ai gagné mon procès !

Quel est le résultat de ces fameux succès ?

C*** laisse à zéro la caisse sociale,

Elle fut partagée entre N*** et lui.

Les nombreux avocats de la mauvaise cause
Trop grassement payés; c'est une triste chose,
Mais il faut l'avouer : Calmels, mon digne ami,
L'avocat dont le cœur, dont l'âme et la parole,
M'ont soutenu partout; tous ceux qui m'ont offert
Leur généreux concours; Boquillon mon expert;
Mon avoué, gagnant, n'ont pas reçu d'obole.
D'un vêtement bien chaud le perdant est vêtu,
Sa poche pleine d'or... Le gagnant est tout nu !

CHANT XXV

1856

Nous sommes appelés devant un tribunal

Qui manquait à ma liste ; il se nomme arbitral :

Ce doit être la fin. L'arbitrale sentence

Dissout la compagnie, et son omnipotence

Nous impose la loi ; revenons au Palais.

Ma fabrique est en vente , à l'enchère elle est mise ;

On nomme l'acquéreur ; c'est le duc de Trévise,

Mon voisin le plus proche, et c'est à peu de frais :

Pour trente mille francs ; elle a coûté cent mille.

Le nombreux matériel à son tour est vendu

A des prix fabuleux. L'Auvergnat accouru

De la rue d'Appe, en foule, en groupes et par file,

Se dispute, en jurant, les malheureux débris

De mon pauvre travail ; infortunés produits

De trente ans de labeurs, de trente ans d'insomnie.

Enfantés par l'effort de mon faible génie !

Que j'ai vu, d'un œil sec, écraser sous le choc

Monotone et brutal du martelet d'ivoire

D'un greffier, d'un priseur, qui les adjuge en bloc.

Il ne reste plus rien de mon laboratoire !

Encore un sacrifice, et je suis incertain

S'il sera le dernier... Le produit de la vente

Ira je ne sais où ; bien sûr, pas dans ma main.

Il me reste mon champ, j'y vais planter ma tente.

Ma femme, mon enfant, et des bras vigoureux

Doivent me soutenir : je puis donc être heureux.

C'est un nouveau travail ; avec un peu de peine

J'en viendrai bien à bout. Et qu'importe la gêne ?

Étant plus rapprochés nous serons plus unis.

De notre bon accord les efforts réunis,

Notre appui mutuel, verront naître l'aisance.

Plus tard, si Dieu le veut, nous aurons l'abondance !

Je le voudrais pour vous, objets de mes amours,

Pour qui j'aime la vie.. Au Seigneur, tous les jours,

Du plus profond du cœur, j'adresse une prière :

Pour qu'il tournât vers vous son regard tutélaire,

Je donnerais mon sang. . je le pense et le dis,

Je donnerais pour vous ma part du paradis !

CHANT XXVI

1857

Quel courage héroïque ! et quelle force d'âme

Peut entrer dans le cœur si faible d'une femme !

Ma Berthe me sourit au milieu des douleurs ;

De sa main qui caresse elle étanche mes pleurs.

Je suis comme un enfant qui voit souffrir sa mère ;

J'invoque tous les saints, je prie avec ferveur

Du profond de mon âme, en disant au Seigneur :

Pitié, mon Dieu ! pitié pour la compagne chère

Que vous m'avez donnée, apaisez un tourment

Stoïquement souffert ; suspendez la torture

Trop rude pour ce corps délicat et charmant.

Ses membres sont brisés, et pas un seul murmure

N'est sorti de son sein pour s'élever vers vous.

Pitié ! pitié ! Seigneur, ayez pitié de nous !

— Ami, laisse ta main reposer dans la mienne ;

Qu'une étreinte bien vive, alimente et soutienne

Ma force qui faiblit : je vais donner le jour

Au fils que t'a promis la foi de mon amour.

Et si j'allais mourir en lui donnant la vie ?

Tu me remplacerais ?   Tais-toi, je t'en supplie.

— Mon âme a tressailli : Dieu remplit nos désirs :

Ami de tes deux mains entoure mon visage. .

Je me sens défaillir. . Ranime mon courage...

Sous des baisers de père étouffe mes soupirs...

Rendons grâces au ciel ; c'est un fils que te donne

Ta Berthe bien-aimée... Au plaisir j'abandonne,

Sans trouble et sans regret, les élans de mon cœur...

Autour de moi tout tourne... Ineffable douceur

Qui repose, qui calme une épreuve cruelle!...

Mais je ne te vois plus ; une sueur mortelle

Envahit mon visage... Un sourd bourdonnement,

Qui tinte à mon oreille, attriste ma pensée...

Ma main s'est engourdie... Un frisson l'a glacée ..

C'est la mort : je la vois s'approchant lentement...

Elle va me saisir!... Adieu tous ceux que j'aime.

Adieu, Lia... Mon fils... Adieu, mon Fortuné.

— C'en est fait : ô mon Dieu, que votre arrêt suprême

Est terrible et cruel! suis-je donc condamné

A n'avoir de bonheur que pour sentir sa perte?

Serais-je le jouet de la fatalité?

Non, non, plutôt mourir : je te suis, ô ma Berthe!

Malheureux!.... je me dois à la paternité.

Imprimerie Vve GUILLOIS, Faubourg St-Antoine, 159.

www.ingramcontent.com/pod-product-compliance
Lightning Source LLC
LaVergne TN
LVHW021742170726
843503LV00004B/1687